Daniel Muruduku

COISAS DE ÍNDIO
VERSÃO INFANTIL

3ª edição – Revista e atualizada

callis

© 2003 do texto por Daniel Munduruku

Callis Editora Ltda.

Todos os direitos reservados.

3ª edição, 2019

8ª reimpressão, 2025

TEXTO ADEQUADO ÀS REGRAS DO NOVO ACORDO ORTOGRÁFICO DA LÍNGUA PORTUGUESA

Coordenação editorial: Miriam Gabbai

Revisão: Ricardo N. Barreiros

Projeto gráfico e diagramação: Thiago Nieri

Dados Internacionais de Catalogação na Publicação (CIP)

Angélica Ilacqua CRB-8/7057

Munduruku, Daniel

    Coisas de índio : versão infantil / Daniel Munduruku. - 3. ed. rev. atual. -
São Paulo : Callis, 2019.

    56p. : il. ; color.

    ISBN 978-85-454-0075-2

    1. Índios da América do Sul - Brasil - Cultura - Literatura infantojuvenil. 2. Índios
da América do Sul - Brasil - Usos e costumes - Literatura infantojuvenil. I. Título

18-2261   CDD: 028.5

Índices para catálogo sistemático:

1. Literatura infantojuvenil - Índios da América do Sul 028.5

ISBN 978-85-454-0075-2

Impresso no Brasil

2025

Callis Editora Ltda.

Rua Oscar Freire, 379, 6º andar • 01426-001 • São Paulo • SP

Tel.: (11) 3068-5600 • Fax: (11) 3088-3133

www.callis.com.br • vendas@callis.com.br

Aos amigos:

César, Angélica, Rodolfo, Afonso e Raquel,
por serem sempre boas companhias.
A Haruê e Helena, por sua amorosa dedicação à arte indígena brasileira.
A Camila, Cynthia, Mariana e Gabriel, por nos trazerem esperanças.

SUMÁRIO

Um recado do autor 6

Povos indígenas 11

Aldeia 14

Alimentação 16

Arte 18

Casa 21

Casamento 25

Chefe 26

Crianças e educação 28

Direitos indígenas 30

Economia 31

Histórias 33

Instrumentos musicais 39

Jogos 41

Língua dos povos indígenas 44

Medicina 46

Morte 48

Música e dança 49

Ritos de passagem 50

Terra e conhecimento da natureza 51

Trabalho 53

UM RECADO DO AUTOR

Quando eu era pequeno, não gostava de ser "índio".

Todo mundo dizia que o *índio* é um habitante da selva, da mata e que se parece muito com os animais. Tinha gente que dizia que o *índio* é preguiçoso, traiçoeiro, canibal. Eu ouvia isso dos meus colegas de escola e sentia muita raiva deles porque eu sabia que isso não era verdade. Mas não tinha como fazê-los entender que a vida que o meu povo vivia era apenas diferente da vida da cidade. E isso me fazia sofrer bastante, até porque o fato de ter cara de *índio*, cabelo de *índio*, pele de *índio*, não me permitia negar a minha própria identidade e meus amigos faziam questão de colocar-me de lado nas brincadeiras, como se eu fosse um monstro. Isso durou bastante tempo e foi tão difícil aceitar minha própria condição que eu cheguei a desejar não ter nascido *índio*…

Foi meu avô quem me ajudou a superar essas dificuldades. Ele me mostrou a beleza de ser o que eu era. Foi ele quem me disse um dia que eu deveria mostrar para as pessoas da cidade essa beleza e a riqueza que os povos indígenas representam para a sociedade brasileira. Naquela época, eu achei que meu velho avô estava tentando apenas me animar com palavras de incentivo.

No entanto, hoje percebo que ele estava expressando um desejo de ver o nosso povo ser mais compreendido e respeitado. Parecia que ele sabia o que iria acontecer no futuro, pois quando deixei minha aldeia fiquei com o compromisso de levar essa riqueza junto comigo, mesmo sem saber se minha vida na cidade seria positiva ou não.

Este livro é muito precioso para mim, por ser uma tentativa de cumprir a promessa feita a meu avô e de oferecer aos estudantes de todo o Brasil um material atualizado sobre os povos indígenas que habitam esta nossa terra. Quero trazer, por meio dele, a essência de nosso jeito de viver, dos motivos que nos levam a caçar e pescar, acreditando que isso é apenas uma troca que fazemos com os seres da natureza, a importância de nos pintarmos para demonstrar nosso amor aos espíritos e a Deus, a ordem que impera em nossas aldeias, a certeza de que somos apenas um fio na grande teia da vida... Quero dizer aos pequenos leitores que existem outros modos de viver e esses modos não são melhores ou piores, são apenas diferentes.

Outro desejo que tenho é fazer com que os leitores deste livro percebam as diferenças entre si mesmos. Não é preciso ir longe para se notar quanto o ser humano é diferente, mas às vezes é preciso conhecer as diversas formas de se viver no mundo para acabarmos compreendendo a importância de se respeitar nosso semelhante. Só respeita o outro quem conhece o outro.

Por muito tempo – e ainda hoje é assim – os povos indígenas foram mal compreendidos pelas pessoas, simplesmente porque eles tinham um jeito próprio de viver: não compravam as coisas nos supermercados, não tinham que ir para locais de trabalho definidos, não precisavam comprar uma porção de coisas, vivendo apenas com o necessário para o dia a dia, e não viviam na terra, no chão, como se fossem donos de tudo. Isso deixava as pessoas muito confusas. Elas inventaram, então, jeitos de se apossar das riquezas que esses povos possuíam, escravizando as pessoas ou destruindo sua cultura, seu modo de estar no mundo, suas crenças, suas casas. A isso damos o nome de etnocídio. O Brasil – em sua história passada – cometeu muitos atos bárbaros contra esses povos, desvalorizando a beleza de sua ancestralidade.

Isso não foi, no entanto, o suficiente para destruir os povos indígenas, que resistiram bravamente, mantendo suas tradições e o que restou delas. É um pouco dessa beleza que pretendemos mostrar neste livro, fazendo uma viagem ao centro da cultura indígena. Aqui vamos aprender que a palavra *índio* é carregada de bastante preconceito e que usá-la de forma mais consciente pode trazer muitos benefícios para a sociedade.

É bom que a gente saiba que tratar alguém de *índio* pode parecer uma ofensa grave nos nossos dias. Por que não tratar quem pertence a uma etnia diferente da nossa pelo nome de seu povo? Por exemplo: eu sou

Munduruku, não sou **só** *índio*. As pessoas deveriam se acostumar a tratar-me desse jeito, porque assim elas estarão me valorizando, valorizando a minha gente e não me rebaixando a um termo que está ligado a coisas pejorativas, conforme eu expliquei no começo. É isso o que desejo com este livro: que todos aprendam a ser mais tolerantes com as pessoas, que possam sair da ignorância e parar de se achar sempre melhores que os outros, simplesmente porque nasceram em outros lugares, falam outra língua ou comem a comida de um jeito que a gente não está acostumado. Se a leitura deste livro cumprir este papel, então eu terei ajudado vocês a entrar no mundo das *coisas de índio*.

Aqui neste livro iremos usar pouco a palavra *índio*, por entender que ela é usada de forma muito equivocada por boa parte da população brasileira. Iremos substituí-la pelo nome do povo citado ou por *indígena*, palavra que significa "originário". Povo indígena = povo originário. Ou seja, um povo que está na terra brasileira desde antes da chegada dos europeus.

Você sabia que povo, nação ou etnia são palavras mais adequadas do que tribo? Isso porque elas expressam melhor a diversidade étnica, cultural, social e linguística dos nativos brasileiros!

POVOS INDÍGENAS

Quantos são?

Segundo o censo do IBGE de 2010, os mais de 305 povos indígenas somam 896.917 pessoas. Dessas, 324.834 vivem em cidades e 572.083 em áreas rurais, elas correspondem a aproximadamente 0,47% da população total do país. Uma boa parte dessa população vive fora das terras indígenas. Estes são hoje conhecidos como indígenas urbanos ou urbanizados.

É importante notar que existem aproximadamente 53 grupos que ainda vivem *isolados*, isto é, não têm contato com a população não indígena.

Onde estão?

Mais da metade da população indígena vive na região da Amazônia, nos estados do Amazonas, Acre, Roraima, Rondônia, Mato Grosso, Mato Grosso do Sul e Pará. Lá provavelmente ainda há 40 povos indígenas isolados.

Observe o mapa e veja como estão distribuídos os povos indígenas no Brasil:

De onde vieram os povos nativos?

O que sabemos sobre o povoamento do continente americano é que tudo começou cerca de 40 mil anos atrás. Naquela época, os continentes asiático e americano eram unidos por uma ponte de gelo, no estreito de Bering. Por lá, segundo os estudiosos, teriam atravessado os primeiros homens. Eles vieram provavelmente em busca de alimento. E foram se espalhando por todo o continente americano.

Sabemos que o homem americano não é filho da América, isto é, os povos tradicionais brasileiros vieram de fora e alojaram-se por aqui. Eles foram se adaptando ao meio ambiente, caçando, criando animais, plantando...

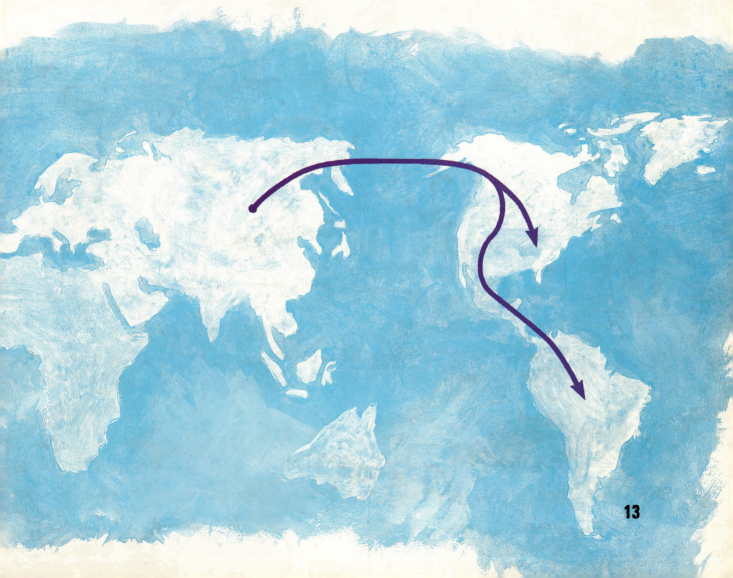

ALDEIA

Todo mundo aprende que as populações indígenas moram em aldeias.

Mas o que é uma aldeia?

Aldeia é um conjunto de casas organizadas de formas variadas, dependendo do grupo indígena. O número de casas por aldeia também varia de povo para povo.

Existem povos que não têm aldeia fixa. Eles constroem suas casas de acordo com as suas necessidades e, dependendo da estação do ano, podem construir em um ou em outro lugar. O grupo Pirahã é um desses grupos que não possuem aldeias fixas.

O povo Mawé (Saterê), que vive no Amazonas, chama sua aldeia de vila. Como eles tiveram muito contato com os não indígenas, organizaram sua aldeia de forma muito parecida com uma cidade.

O povo Xavante, do Mato Grosso, constrói sua aldeia em forma de ferradura. No centro dela, há um pátio, no qual eles organizam as principais cerimônias, os jogos e as brincadeiras.

O povo Munduruku tem sua aldeia organizada em fileiras de casas. Entre as casas, há um pátio onde as crianças podem brincar livremente. Como se trata de um povo que tem na pesca seu principal sustento, a aldeia está construída bem próxima ao rio.

As aldeias podem ter três formas:

Aldeias circulares

No centro acontecem as principais cerimônias e atividades da comunidade. A aldeia Bororo (povo do Mato Grosso) é construída de forma circular sobre uma elevação, na vizinhança do rio e da floresta.

Aldeias retangulares

São aldeias construídas em forma de U, com as casas organizadas em torno de um pátio central.

O povo Xavante, o povo Assurini e o povo Suruí organizam suas aldeias dessa forma.

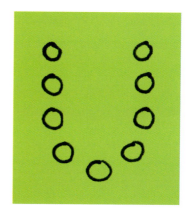

Aldeias lineares

As casas são organizadas em duas linhas paralelas. As aldeias Karajá e Munduruku são assim.

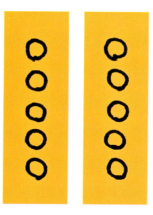

ALIMENTAÇÃO

A maioria das populações indígenas se alimenta de carne de caça, pesca, raízes (como mandioca, cará, batata-doce, inhame), frutas (como açaí, bacuri, taperebá, bacaba, cupuaçu), milho, melancia, jerimum, amendoim, mamão, fava e feijão.

A mandioca e o milho são alimentos muito importantes para as comunidades indígenas e não indígenas. A mandioca, para ser preparada, exige uma técnica complicada, que leva muito tempo e requer instrumentos adequados. Os indígenas conhecem muitas espécies de mandioca. A mandioca, que também conhecemos como macaxeira ou aipim, é comestível. As mandiocas-bravas ou amargas não são próprias para a alimentação, mas, depois de tratadas, é possível fazer bebidas e beijus, angus, moquecas, paçocas, molhos, bolos, bolinhos, biscoitos, broas, farofas, geleias, mingaus, pudins, purês, roscas, sequilhos...

O milho ficou sendo conhecido pelos europeus aqui na América, e então começaram a usá-lo em suas receitas. No Brasil, o milho é muito usado no preparo de farinhas, broas, bolos, sopas, pães, caldos, cremes, canjicas, pamonhas, cuscuzes e na popular pipoca.

Casa de Farinha

ARTE

Para os povos indígenas do Brasil, de maneira geral, não existe muita diferença entre arte e objetos fabricados para uso diário (como uma ferramenta ou uma panela). Tudo o que os povos indígenas produzem é para seu uso, para as suas necessidades.

Os povos que habitam florestas conseguem um número muito grande e variado de materiais. Fazem cerâmicas, trançam cestos, tecem redes e panos, fazem enfeites com penas de grande beleza.

Os povos que vivem nos campos não possuem cerâmica ou tecido, mas, em compensação, têm grande talento para a confecção de esteiras, cestos e armas.

Mas quem pensa que os povos indígenas fazem apenas belos cestos e lindos enfeites com penas de aves está muito enganado!

Os Karajá confeccionam lindas bonecas e animais de barro.

Povo Munduruku

No Mato Grosso, os Kadiwéu, pressionando um cordão sobre argila mole e fresca, conseguem belos desenhos em relevo em suas peças.

No Xingu, as mulheres do povo Waurá fazem enormes panelas, que servem para preparar a mandioca e para armazenar a argila, o pequi ou a água para abastecer a casa. Já o trançado é feito geralmente pelos homens. Para isso, eles usam materiais retirados de palmeiras.

Os Akwén, Kayapó e outros povos estão sempre buscando um novo local para morar. Por isso, quando precisam de algum material, eles fabricam na hora e, quando começam a caminhar novamente, abandonam grande parte do que foi produzido.

O povo Yanomami costuma fazer cestos rasos muito resistentes para usar em suas pescas. Os Tukano trançam o mesmo cesto para fazer armadilhas para animais ou para transportar grandes volumes.

Pouco mais de cem peças compõem o número de itens necessários à vida da maioria dos povos indígenas do país.

Vale a pena saber que em uma aldeia todos sabem confeccionar os objetos necessários à sua sobrevivência.

Povo Sateré Mawé

CASA

Para alguns povos originários, a casa pode ser apenas um lugar onde se mora, mas para outros pode ser também um lugar onde acontecem festas, reuniões e rituais.

Para alguns povos indígenas, como os Munduruku, Guarani e Yawalapití, a casa é construída pelos homens, mas é um espaço no qual quem administra são as mulheres.

Muitos povos têm o hábito de guardar dentro de casa objetos de uso doméstico, como cestos, panelas de barro, redes, arcos e flechas, remos…

A fogueira é montada muitas vezes dentro de casa, para espantar insetos ou aquecer as pessoas durante a noite. Ela é mantida acesa durante a noite toda. Essa tarefa é de responsabilidade das mulheres.

Em uma casa pode morar apenas uma família: pai, mãe e filhos, ou várias famílias e outros parentes, como tios, primos e sogros.

O número de pessoas que mora em uma casa pode variar bastante.

O povo Yanomami constrói uma única aldeia-casa para todo um grupo de parentes. A *shabono*, como eles chamam essas casas, abriga normalmente de 65 a 85 pessoas.

Essas casas, onde moram muitas pessoas ou famílias, são divididas de tal maneira que cada grupo tem seu espaço. Nesse espaço, montam sua residência e outras famílias nunca *entram* sem a permissão dos donos nem tiram um único objeto do lugar sem autorização. Todos os espaços são respeitados.

As casas são normalmente muito confortáveis, ventiladas e bem iluminadas. São construídas para refrescar durante o dia e aquecer durante a noite. Alguns povos colocam portas e janelas para o embelezamento, como é o caso dos Munduruku. Outros deixam uma abertura única no meio do telhado, como os Yanomami.

O material utilizado na construção das casas é, quase sempre, o mesmo para todos os grupos. São usados cipós para a amarração dos caibros que farão a sustentação das casas, que depois são cobertas com palha de árvores como a palmeira, o babaçu, o açaizeiro ou a pupunheira.

Casa Xinguana

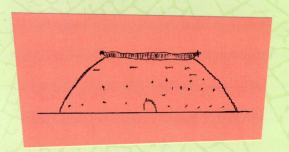

A aldeia Xinguana tem a forma de um círculo e o tamanho dele depende do tamanho da população. Esse círculo é formado por casas, formando uma praça no centro. Nessa praça é onde o povo enterra seus mortos. Esse povo demora até seis meses para construir sua casa. Primeiro eles escolhem um bom local e depois começam a perfurar profundos buracos nos quais os esteios da casa serão colocados.

Em junho e agosto, meses em que chove pouco, começa a forração da casa com o sapé.

Casa Karajá

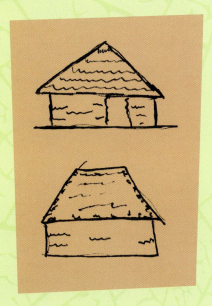

Os Karajá estão divididos em 14 aldeias. Eles constroem suas casas com a frente para o rio, por serem grandes pescadores.

A construção da casa é trabalho apenas dos homens. Mas, depois de pronta, a casa é propriedade da mulher. As casas são construídas em grandes mutirões, todos os homens da aldeia ajudam mesmo que a casa não seja sua. Elas são construídas em uma determinada posição, para que sempre recebam na frente o sol da manhã.

Casa-aldeia Marubo

Os Marubo, povo que habita o estado do Amazonas, constroem suas casas no alto de colinas e rodeadas por suas plantações.

A casa-aldeia dos Marubo é construída pelos homens e meninos da aldeia, e muito frequentemente são ajudados por grupos de aldeias vizinhas.

As medidas das casas variam entre 9 e 31 metros de comprimento, 7 e 17 metros de largura e cerca de 8 metros de altura. São casas muito espaçosas que abrigam um grande número de pessoas, porque a casa Marubo é a própria aldeia.

Aldeia-casa Yanomami

O povo Yanomami ocupa uma grande região na fronteira do Brasil com a Venezuela, no estado de Roraima. *Shabono* é como os Yanomami chamam sua aldeia-casa, onde moram no mínimo 35 pessoas e no máximo 180.

A aldeia-casa é usada apenas por volta de dois anos, porque depois as folhas que a cobrem começam a apodrecer. Quando isso ocorre, é de hábito desse povo queimar a moradia para eliminar baratas, aranhas e outros insetos.

CASAMENTO

Quase não existe o namoro entre os povos indígenas. O que existe são algumas regras para o casamento entre dois jovens que já passaram pelos rituais de maioridade.

Um casal pode ser considerado noivo desde muito cedo.

A isso chamamos de *casamento arranjado*, pois é quase sempre combinado pelos pais. Mas nem sempre um noivado se transforma em casamento.

Entre os Suruí, um povo de Rondônia, a cerimônia de casamento acontece da seguinte forma: o noivo, com sua rede nas costas, aproxima-se do grupo onde estão todas as mulheres da aldeia e chama sua noiva. Os dois caminham juntos até o chefe, que pronuncia o nome do noivo. O jovem, voltando-se para a noiva, diz: "icê taukana emrikó" ("você é minha mulher"), e ela responde: "icê taukana imena" ("você é meu marido"). Em seguida, o noivo oferece à noiva mel e carne de jabuti, alimentos muito apreciados por esse povo.

Entre os Tenetehára e os Munduruku, basta que o noivo leve todos os seus pertences para a casa do sogro para estar casado.

Alguns casamentos não dão certo e sempre há a possibilidade de separação. Cada povo tem a sua maneira de resolver essa questão.

CHEFE

Como são resolvidos os problemas e as disputas entre pessoas e grupos? Quem é o chefe? Como alguém chega a ser chefe?

Não basta ter nascido filho do chefe para tornar-se um. É necessário que a pessoa seja respeitada por grande parte do grupo.

Para ser chefe de uma sociedade indígena, é preciso ter algumas qualidades:

a) ser respeitado;

b) ter as qualidades masculinas valorizadas na sociedade;

c) conhecer a história e as tradições do seu povo e saber contá-las;

d) saber falar em público e saber convencer as pessoas de suas ideias;

e) ser trabalhador e dar o exemplo para que outros o sigam e cumpram o que ele mandar;

f) ser generoso.

O chefe nunca age sozinho. Ele é o líder de um grupo político e pode haver, na mesma aldeia, outros grupos que disputam a liderança. Ele chefia uma aldeia e é chefiado por ela. Se suas decisões não deixarem o povo satisfeito, ele pode perder todo seu prestígio e, o que é pior, não conseguir controlar a violência que pode surgir entre os grupos rivais de uma mesma aldeia.

Entre alguns povos, um grupo chamado conselho é quem chefia. E uma das pessoas desse grupo é escolhida como líder, chamado *cacique*. O conselho e o cacique são indicados pelos membros da comunidade e são responsáveis por dar soluções a problemas da aldeia e também a lutar pelos direitos da aldeia junto ao governo do país.

E como é castigado aquele que comete um grave erro?

Em algumas nações indígenas, não é o chefe quem castiga.

O castigo é dado pela família ofendida. A solução de conflitos é sempre responsabilidade das pessoas diretamente envolvidas. Mesmo quando ocorre algum prejuízo para a comunidade toda, o chefe não resolve sozinho. Ele convoca uma reunião na aldeia para discutir o problema e encontrar uma solução.

Não há leis que possam ser usadas pelo chefe para punir quem desrespeita as regras. Isso quer dizer que ele não pode interferir na vida das pessoas.

CRIANÇAS E EDUCAÇÃO

Desde o momento em que nascem, as crianças são tratadas de forma muito carinhosa. A criança Kayapó, povo presente no Pará e no Mato Grosso, por exemplo, no dia em que recebe o nome, usa uma máscara de casca de ovo de passarinho e, no cabelo, penugem de urubu-rei.

As crianças que ainda mamam ficam sempre junto de suas mães. Se elas choram, são atendidas imediatamente e logo lhes é dado de mamar. São carregadas no colo, numa cesta ou numa tipoia, que pode funcionar como berço.

Quando dá os primeiros passos, o bebê começa a brincar com as outras crianças que vivem perto dele. Ele nunca sai de perto de sua mãe ou afasta-se da aldeia. Ao contrário, se a mãe vai para a roça, ela leva o filho consigo; se vai tomar banho no rio, lá estará o bebê.

O pai também é responsável pelo filho ou pela filha. Sempre que não está fora, em caçada, fica pertinho deles, brincando na rede. Essa é uma maneira de o pai ajudar a mãe na educação dos filhos menores. É claro que muita gente ajuda a olhar as crianças: os irmãos, os primos maiores, os tios e os avós.

As crianças são criadas com muita liberdade e são geralmente bem comportadas. Na medida em que crescem, os adultos passam a pedir a elas pequenas tarefas, como buscar água, vigiar a comida que está no fogo ou chamar uma pessoa.

Em qualquer situação, as crianças são sempre ouvidas e podem participar de todas as atividades. Dessa maneira vão conhecendo a vida social e aprendendo como devem se comportar em cada situação.

Há coisas que são feitas apenas por adultos e as crianças ficam observando o que eles fazem. Só que não ficam observando passivamente… Por exemplo: se os adultos se reúnem em conselho para discutir qualquer tipo de assunto, as crianças também fazem uma discussão sobre os seus problemas. Se o pajé faz uma sessão de cura, em seguida uma criança imita os gestos do pajé com um amigo seu. Se um adulto está treinando suas flechadas, o menino pega imediatamente o seu arquinho e tenta acertar o pé de bananeira. Se a menina vê a mãe amamentando seu irmãozinho, ela pega sua bonequinha em seguida e repete o gesto da mãe. Ou seja, tudo o que o adulto faz, a criança pode brincar de fazer.

Não se pode esquecer que as crianças são muito importantes para a vida da aldeia. Trabalham com as mães nas roças, na coleta e na produção de alguns alimentos (como a farinha de mandioca) ou cuidam dos animais, buscam água, ajudam a cuidar dos irmãos menores.

É claro que na vida das crianças também há a hora de aprender, quando ficam atentas ao que os mais velhos têm para contar.

DIREITOS INDÍGENAS

Tem gente que ainda diz que há muita terra para pouco *índio* e que os indígenas não sabem explorar a terra e dela tirar riquezas. Muitos invadem o território de sobrevivência dos povos para explorar minérios, extrair madeiras... que os tornarão mais ricos e deixarão a natureza mais pobre. Há algum tempo, líderes indígenas vêm denunciando esse tipo de invasão e destruição do meio ambiente.

Muitos indígenas foram mortos por defender seus direitos à terra. Outros são perseguidos e maltratados. Comunidades inteiras correm sérios riscos.

Já faz tempo que os movimentos indígenas começaram a se espalhar por todo o país e passaram a fazer pressão junto aos políticos, para que as terras indígenas fossem demarcadas e a sobrevivência dos indígenas fosse assegurada.

Apoiados por muita gente que os respeita, os líderes indígenas conseguiram muitas vitórias políticas. A principal delas foi ver inserido na atual Constituição um capítulo específico sobre os povos indígenas.

Na Constituição de 1988 consta que "todas as terras indígenas seriam demarcadas em cinco anos". Foram? Não!

Ainda hoje, mais de 30 anos depois, as organizações indígenas ainda estão fazendo pressão para que os seus direitos – presentes na Constituição do Brasil – sejam respeitados.

A terra é fundamental para a sobrevivência dos povos indígenas, não é possível sobreviver sem ela. Isso porque acreditam que a terra não é apenas um objeto para ser explorado, mas é parte de suas vidas, culturas, tradições. Não é à toa que dizem que a terra é mãe, protetora. Se suas terras forem tiradas, se sentirão órfãos.

30

ECONOMIA

Nas sociedades indígenas o trabalho é bem dividido. Todos sabem o que é tarefa para os homens e o que é tarefa para as mulheres. Normalmente o homem abastece a família com carne de caça e pesca, defende a aldeia de qualquer tipo de perigo e prepara o terreno para que seja plantada a roça. As mulheres preparam o alimento, produzem farinha, plantam e colhem, confeccionam redes e outros objetos. Elas também tomam conta das crianças pequenas e cuidam da casa. É com essa divisão de tarefas que a comunidade se mantém abastecida de alimentos o tempo todo.

Nas comunidades indígenas não existe acúmulo de riquezas ou propriedade individual. Tudo o que está na natureza pertence a todos, cabendo a cada família a produção do que necessita para viver.

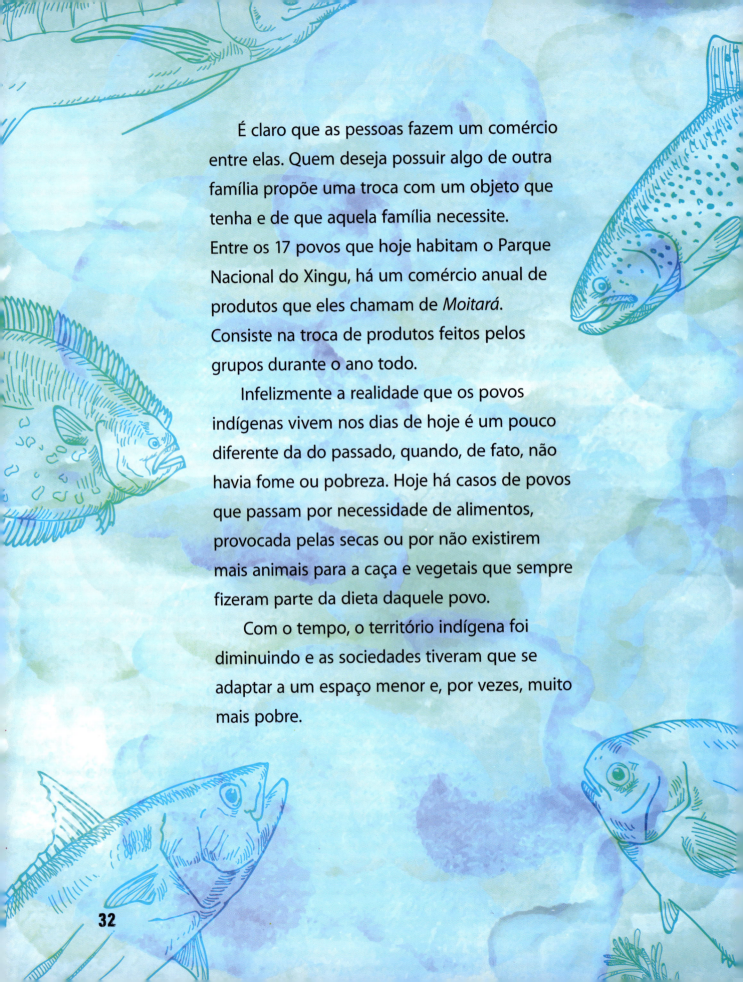

É claro que as pessoas fazem um comércio entre elas. Quem deseja possuir algo de outra família propõe uma troca com um objeto que tenha e de que aquela família necessite.

Entre os 17 povos que hoje habitam o Parque Nacional do Xingu, há um comércio anual de produtos que eles chamam de *Moitará*. Consiste na troca de produtos feitos pelos grupos durante o ano todo.

Infelizmente a realidade que os povos indígenas vivem nos dias de hoje é um pouco diferente da do passado, quando, de fato, não havia fome ou pobreza. Hoje há casos de povos que passam por necessidade de alimentos, provocada pelas secas ou por não existirem mais animais para a caça e vegetais que sempre fizeram parte da dieta daquele povo.

Com o tempo, o território indígena foi diminuindo e as sociedades tiveram que se adaptar a um espaço menor e, por vezes, muito mais pobre.

HISTÓRIAS

As histórias que os indígenas contam falam das origens do universo, da humanidade e de como uma sociedade pode se organizar.

Eles são grandes contadores de histórias e, para conhecermos mais os povos indígenas, nada melhor do que sabermos algumas de suas histórias.

Um Mito Munduruku
Como surgiram os cães

Naqueles tempos, Karu-Sakaibê, o Grande Espírito dos Munduruku, já havia partido para a *nascente do Tapajós*, local que esse povo concebe como a morada das almas daqueles que morrem.

Um dia, os bravos da aldeia Decodemo, a mais populosa e feliz dos Munduruku, haviam saído para uma grande caçada. Na aldeia, ficaram apenas as mulheres e as crianças. Foi então que apareceu por lá um desconhecido. Seu nome era Karu Pitubê.

O visitante foi direto para o Ekçá, a maloca dos guerreiros, onde pendurou sua rede e começou a tocar melodias muito bonitas na Grande Flauta, instrumento considerado sagrado. Uma das moças da maloca, enfeitiçada por aqueles sons quase mágicos, aproximou-se de Karu Pitubê.

Iraxeru – assim se chamava a moça – ofereceu ao forasteiro o daú, a bebida tradicional da aldeia. O forasteiro bebeu o daú com gosto e sem pressa, e o encontro entre Karu Pitubê e Iraxeru durou a noite toda.

Pela manhã, Karu Pitubê chamou a jovem e disse: "Nascerá de ti o assombro dos guerreiros da gente Munduruku."

Antes de desaparecer, ele fez uma advertência: "Não mates o que de ti nascerá."

Alguns meses depois, o assombro e o terror tomaram conta de Decodemo: Iraxeru dera à luz um casal de cães! Os irmãos de Iraxeru e sua própria mãe foram os primeiros a pedir a morte da jovem e de seus filhos. Mas a moça antecipou-se a eles, pegou seus dois filhinhos e fugiu, rápida como uma ema, para a floresta, onde desapareceu.

Durante muito tempo, Iraxeru ficou na floresta, à beira de um límpido riacho, no qual se instalou. Lá ela amamentou seus dois filhos e os viu crescer e ficar fortes.

Os cachorros corriam pelas matas e savanas, trazendo muitas caças para a mãe. À noite, eles se transformavam em formidáveis guardiães, protegendo-a durante todos os momentos dos perigos da floresta. Iraxeru passou, então, a viver em segurança e com fartura de comida.

Certo dia, Iraxeru decidiu voltar à aldeia Decodemo e contar para seu povo essas maravilhas. Ela sabia que a sentença de morte proferida pelos guerreiros poderia atingi-la, mas não a seus filhos, que saberiam fugir dos perseguidores devido à velocidade que alcançavam na floresta. Sabia também que, caso a sentença fosse revogada, permitindo que ela e os filhos voltassem, a nação Munduruku seria a rainha das florestas e das pradarias, vitoriosa sobre os outros grupos, pois dominaria tudo e não teria rival.

Embora preocupada, a jovem mãe caminhou para a aldeia onde, para seu espanto, os três foram recebidos com aclamações por toda a aldeia, que aceitou os cães como seus filhos.

Desde então, os Munduruku tratam o cão como um verdadeiro filho. As mulheres, quando necessário, não hesitam em dar aos cães seu próprio leite e deixam que eles durmam na mesma rede que os recém-nascidos. É como se os cachorrinhos e os pequenos Munduruku fossem realmente irmãos.

Os cães que vivem nas aldeias Munduruku beneficiam-se desse sentimento de fraternidade durante toda a vida e, quando morrem, são enterrados com piedade e quase tão cerimoniosamente como uma criança ou uma mulher.

Adaptado de Histórias dos Antigos, Vol. 3.
Publicação do Summer Institute of Linguistic, 1979.
Originalmente narrado por Floriano Tawé.

História do dia

Antigamente não havia o dia, o Sol não iluminava e só havia escuridão. As pessoas ficavam nos pés de cupim, os papagaios e as corujas ficavam nas costas das pessoas.

Os dois irmãos, Sol e Lua, procuravam o dia.

Eles tiraram uma embira do mato e montaram a embira em forma de uma anta. Colocaram mandioca dentro da armação de embira. Depois de cinco dias, começou a apodrecer. O Sol se escondeu debaixo do olho da anta e a Lua entrou debaixo da unha. Então o Sol chamou Meirú, a mosca grande, e falou para ela:

– Você deve ir até onde moram as aves e avisar o Urubu de duas ou três cabeças para vir comer esta anta.

Meirú foi até o céu. Quando chegou na aldeia do Urubu, ele a recebeu e ofereceu um banco para ela sentar. Ele perguntou de onde a mosca vinha, ela respondeu na língua das moscas, que o Urubu não entendia. O Urubu chamou Xexéu, para escutar o que a mosca dizia e traduzir para ele.

O Xexéu perguntou para Meirú:

– Meirú, de onde você vem e o que você quer aqui na nossa aldeia?

Todos os pássaros cercaram a mosca para escutar o que ela ia dizer. Ela falou pelo nariz:

– BZZZZZZZZZ! BZZZZZZZZZZZZZZZ!

O Urubu perguntou ao Xexéu:

– Então, o que Meirú disse?

Na verdade, esse Xexéu não entendeu o que a mosca falou.

O Urubu chamou o Xexéu Preto:

– Xexéu, quero que você entenda a língua das moscas e traduza para a nossa língua.

O Xexéu falou na língua da mosca:

– Eu quero saber por que você veio aqui.

A mosca disse que foi avisar o Urubu que tinha uma anta morta lá na terra. O Xexéu contou aos pássaros a notícia que a mosca veio contar. O Gavião falou:

– É o Sol que está escondido dentro dessa anta, foi ele que fez a anta.

Os pássaros resolveram ir no dia seguinte ver a anta morta.

A mosca se despediu e voltou para a terra. Foi avisar o Sol que os pássaros iriam comer a anta.

Quando os pássaros chegaram, o Sol abriu um pouquinho o olho da anta para ver o dia. O dono do dia, o Urubu, desceu por último.

O Sol e a Lua o agarraram e falaram para ele:

– Nós não vamos matar você, nós só queremos o dia, estamos precisando do dia para viver.

O dono do dia chamou o passarinho Jacupim:

– Vá até a minha casa, pegue o dia e traga para o Sol.

O Jacupim foi e trouxe primeiro várias penas de papagaio.

O dono do dia falou:

– Não é isso, não. Vá novamente até minha casa e traga o dia.

Então o Jacupim trouxe penas de rei-congo, depois penas de urubu.

O dono do dia já estava ficando bravo e falou para ele:

– Agora você deve trazer o dia verdadeiro.

O Jacupim trouxe penas de arara-vermelha e de arara-amarela. O dono do dia gostou:

– Agora você acertou, trouxe o dia mesmo.

O dono do dia pegou as penas de arara-vermelha e enfeitou o Sol, dizendo a ele:

– Você deve dar o dia para os seus netos, todos os dias.

Com penas de arara-amarela ele enfeitou a Lua, explicando para ela:

– Você vai aparecer toda noite, para clarear.

Como eles já tinham conseguido o dia, disseram ao Urubu que ele podia comer a anta.

Marcaram os caminhos do Sol e da Lua no céu.

Assim, até hoje existe o dia, a claridade. O Sol e a Lua, enfeitados, iluminam a Terra.

(Narrada por Sapaim Kamaiurá a Maria Cristina Troncarelli, em 1985.)

INSTRUMENTOS MUSICAIS

Os povos indígenas fabricam instrumentos musicais para muitas situações diferentes. Vale a pena conhecermos alguns:

a) **Chocalho** é o instrumento mais usado pelas comunidades indígenas. Pode ser feito de cabaça recheada de sementes, paus, ossos, pedrinhas... Pode ser amarrado ou preso ao corpo (pulseiras, tornozeleiras, jarreteiras, colares, cintos etc.). Os movimentos do corpo fazem-no soar. Quando está separado do corpo, o tocador leva o chocalho com as mãos. Nesse caso, ele possui um cabo. Alguns grupos que utilizam chocalhos nessas diversas formas: Munduruku, Karajá, Paresí, Tembé, Terena, entre outros. Há também outros tipos de chocalhos, como os de vara, em fieira e tubular.

b) **Flauta** é um instrumento muito usado e pode ter variadas formas. A flauta pode ser confeccionada com bambu, ossos, cabaças ou madeira. O som da flauta pode ser tirado com o sopro da boca ou com o nariz. A flauta nasal é tocada pelos grupos Paresí, Apinayé, Nambikwára, Kaingang, entre outros.

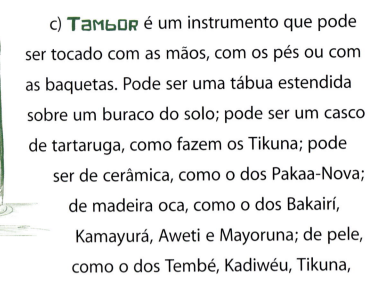

c) **Tambor** é um instrumento que pode ser tocado com as mãos, com os pés ou com as baquetas. Pode ser uma tábua estendida sobre um buraco do solo; pode ser um casco de tartaruga, como fazem os Tikuna; pode ser de cerâmica, como o dos Pakaa-Nova; de madeira oca, como o dos Bakairí, Kamayurá, Aweti e Mayoruna; de pele, como o dos Tembé, Kadiwéu, Tikuna, Urubú-Kaapór.

d) **Trompete** é um instrumento em que o som é conseguido soprando-se uma abertura. Pode ser construído de cabaça, bambu oco e crânio de animais.

Os Munduruku, os Apinayé e os Juruna são alguns dos povos que usam esse tipo de instrumento musical.

e) **Zunidor** é uma peça de madeira, amarrada à extremidade de uma corda fixada a uma vara. O tocador faz girar a peça e, conforme a velocidade, produz um zunido. Na tradição dos Kamayurá, acredita-se que o zunidor sirva para espantar os maus espíritos da aldeia. É usado também pelos Bororo, Maxakalí, Xerente, Apinayé, Canela e Tikuna.

A produção de instrumentos é importante para os diversos rituais, nos quais se dança e canta ao som deles.

JOGOS

Há muitas brincadeiras que as crianças indígenas fazem que você pode aprender.

Dificilmente alguém verá uma criança indígena brincando sozinha. Ela estará sempre com outras crianças.

Todas as crianças indígenas conhecem as mesmas brincadeiras e, quando alguém inventa alguma coisa nova, vai logo contar para as outras. A mesma coisa acontece com os brinquedos. No entanto, as crianças quase nunca fazem seus próprios brinquedos. Isso é tarefa dos pais e das mães, porque, para fazer determinados brinquedos, é preciso saber usar facas e outros objetos cortantes. São os pais que confeccionam os brinquedos para os filhos.

E estes têm a obrigação de cuidar bem dos brinquedos.

E se quebram, o que acontece? Normalmente a própria criança dá um jeitinho de consertar usando palha, cipós e folhas.

A verdade é que as crianças indígenas nunca jogam um brinquedo fora, pois sabem que foi feito com carinho por aqueles que lhes querem muito bem.

As crianças indígenas são muito criativas na hora de brincar. Elas não têm lojas para comprar os brinquedos, por isso inventam sempre novas brincadeiras para passar o tempo e aprender, pois aprendem enquanto brincam e brincam enquanto aprendem.

Desde cedo, as crianças aprendem a conhecer a natureza e, aproveitando-se dela, fazem instrumentos simples para brincar. Fazem arcos e flechas, bichos de palha, bonequinhas de barro ou de sabugo de milho, canoas pequeninas de madeira ou de palha de açaizeiro, peões, petecas e diversos brinquedos feitos com coco e palha de palmeira tucum ou babaçu.

Fazem também bolas de palha, panelinhas, bichinhos de barro, trançados de palha. As meninas gostam de brincar de esconder e todos, todos mesmo, gostam de brincar de pega-pega em um riozinho. É a melhor hora do dia. É muito gostoso!

🌢 🌢 🌢

Os meninos do povo Suruí, que vive em Rondônia, gostam muito de brincar de caçada. Eles observam os adultos e sabem que uma das tarefas dos homens da aldeia é conseguir alimento para suas famílias. Por isso, eles costumam brincar de ser grandes caçadores. A brincadeira acontece mais ou menos assim: um grupo de meninos se divide em dois, uns serão as caças, os outros, os caçadores. É dado um tempo para que as caças fujam mato adentro.

Em seguida, os caçadores saem à sua procura. Quando um caçador consegue apanhar sua caça, ele para e espera os demais. Depois que todo mundo já foi pego, há uma troca de funções de modo que os que eram caças passam a ser caçadores. Assim, os meninos ficam brincando o dia todo, até se cansar. Depois vão tomar um merecido banho e um delicioso lanche com as caças que seus pais trouxeram da verdadeira caçada.

🌱🌱🌱

Entre os Munduruku; povo que vive no estado do Pará, Amazonas e Mato Grosso; uma brincadeira muito comum é a do macaco. Aliás, não são apenas eles que gostam de brincar de macaco, pois esse animal é muito querido por todos em geral. Sabem por quê? Porque acham que o macaco imita o homem em tudo, então os meninos também têm de imitar o macaco.

A brincadeira é assim: um grupo de crianças, de mãos dadas, faz um círculo bem fechado, enquanto outras ficam no centro do círculo, tentando furar o bloqueio dos braços. As crianças que estão fechando o círculo devem impedir que as outras que estão dentro do círculo escapem, dando cascudos na cabeça dos macacos que estão tentando fugir.

🌱🌱🌱

Quem não gosta de brincar na água? Todas as crianças que eu conheço gostam muito de água. Eu acho que é porque devemos ter algum parentesco com os peixes, principalmente as crianças...

Os indígenas também adoram água. E adoram porque suas aldeias são, geralmente, construídas próximas a algum rio. Então, os adultos incentivam as crianças a brincar na água, pois é uma brincadeira sadia, que ajuda a desenvolver a musculatura do corpo.

43

Entre os Xavante, que vivem no Mato Grosso, há uma brincadeira muito gostosa. Ela se chama Datist'wape, meninos e meninas brincam. Sabem como é? Uns devem subir nos ombros dos outros e travar uma batalha na água. Vencem aqueles que derrubarem a dupla adversária.

Tenho a impressão de já ter visto gente brincando assim nas piscinas dos clubes das cidades. Parece que criança é igual em toda parte, não é mesmo?

O futebol não é novidade para os Aweti, que vivem no Parque Nacional do Xingu. É que há muito, muito tempo, antes mesmo dos europeus trazerem o futebol para o Brasil, eles praticam esse esporte por lá. Naquela região sempre houve duas árvores que oferecem material para sua bola. Uma é a seringueira e a outra, a mangabeira. A seiva dessas árvores, quando coletada e enrolada, forma uma maravilhosa bola com a qual as crianças indígenas se divertem.

Em outros grupos é possível encontrar bolas feitas de palha amarrada com cipó. Os Paresi, que vivem no Mato Grosso, têm uma competição que é jogada com a cabeça. É um futebol, mas os participantes usam apenas a cabeça, sendo vedada a utilização de pés ou mãos.

LÍNGUA DOS POVOS INDÍGENAS

Por muito tempo, pensou-se que todos os povos indígenas falavam a mesma língua. Ou seja, acreditava-se que os *índios* falavam o tupi. Foi assim porque os portugueses, ao desembarcarem em nossa terra, em 1500,

encontraram o povo Tupinambá, hoje tentando permanecer vivo no Ceará e na Bahia. Esse povo era muito numeroso e ocupava praticamente todo o litoral brasileiro.

O tupi foi tão importante e tão usado que, até uns 200 anos atrás, era a língua mais falada em nosso país. Nos dias de hoje, nós só não falamos o tupi porque as autoridades portuguesas fizeram uma lei proibindo o uso dessa língua por toda a população brasileira.

O que é muito importante sabermos é que não existe uma única língua falada por todos os povos tradicionais.

No Brasil, hoje, são faladas aproximadamente 274 línguas indígenas. Alguns povos, além da língua materna, falam o português e outros também sabem falar a língua de povos vizinhos.

Muitas palavras que estão em nosso vocabulário são oriundas do tupi: pipoca, tapioca, peteca, curumim, abacaxi, açaí, urubu, jabuticaba, entre outras. Nomes de cidades ou lugares também fazem parte de nosso repertório como: Jabaquara, Ipanema, Curitiba, Cuiabá, Paraná, Guaratinguetá, Pará, Ceará, enfim, são muitas e muitas palavras. Seria até interessante que você fizesse uma pesquisa junto com seus colegas de classe para descobrir outros nomes e palavras de origem indígena.

Observe um pouco da diversidade das línguas dos povos nativos:

Língua Portuguesa	Karajá	Karitiána	Kuikúru
água	béé	ese	tunga
animal	iródu	Kinda	ngene
terra	suu	Eje' i	ngongo
sol	tscuu	gokyp	giti

MEDICINA

A farmácia indígena é a natureza. É da natureza que os indígenas tiram tudo o que precisam para tratamentos. Todos na comunidade indígena têm conhecimento sobre as plantas e as ervas medicinais. Dessa forma, tão logo haja a manifestação de alguma doença, busca-se imediatamente a cura na natureza.

Para muitos grupos indígenas, a doença é um espírito ruim que entrou no corpo do doente. Como acreditam que cada planta tem um espírito protetor, os sábios curandeiros recorrem a esses espíritos bons para destruir a doença. Mas quando a doença é grave, requerendo mais cuidados e maior conhecimento, chama-se o xamã, pois ele conhece todas as plantas e seus espíritos.

Os remédios são utilizados conforme o grau da doença e podem ser aplicados por qualquer pessoa.

Entre os Tiryó, por exemplo, aplicam-se banhos quentes ou frios, remédios para queimaduras, para picadas de cobra, contra veneno de flecha.

Há também os remédios para dor de cabeça, de dente, de ouvido, olhos...

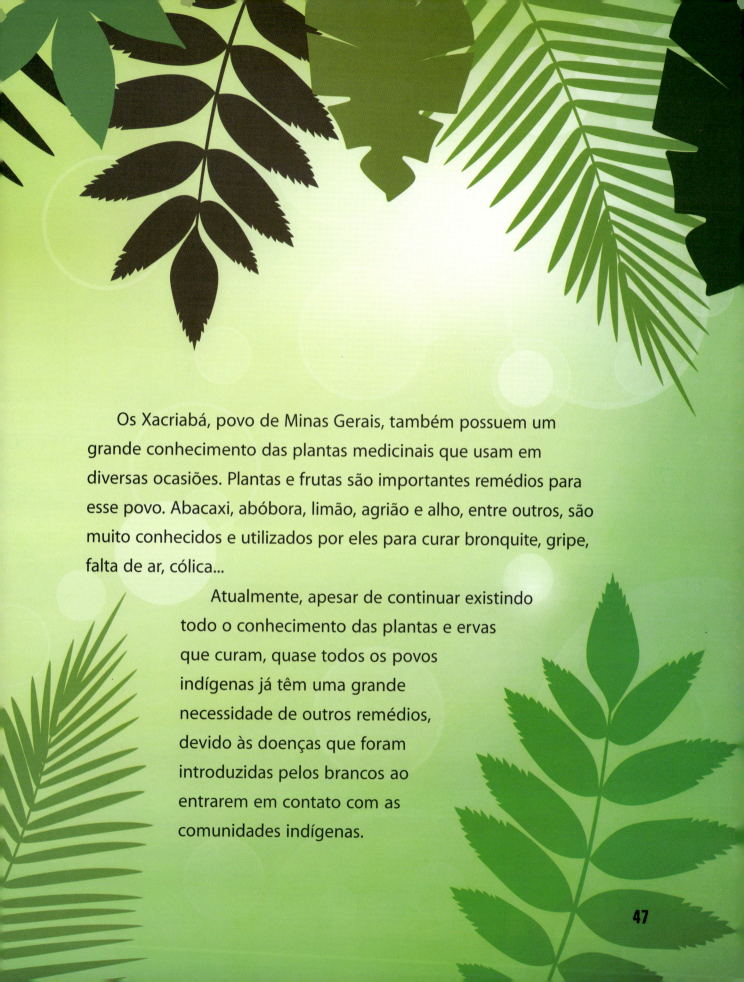

Os Xacriabá, povo de Minas Gerais, também possuem um grande conhecimento das plantas medicinais que usam em diversas ocasiões. Plantas e frutas são importantes remédios para esse povo. Abacaxi, abóbora, limão, agrião e alho, entre outros, são muito conhecidos e utilizados por eles para curar bronquite, gripe, falta de ar, cólica...

Atualmente, apesar de continuar existindo todo o conhecimento das plantas e ervas que curam, quase todos os povos indígenas já têm uma grande necessidade de outros remédios, devido às doenças que foram introduzidas pelos brancos ao entrarem em contato com as comunidades indígenas.

MORTE

Entre os povos do mundo, podemos encontrar formas muito diferentes de encarar a morte. Entre os povos indígenas não é diferente.

Os Guarani têm o costume de enterrar os mortos em um cemitério distante da aldeia. Creem na reencarnação, isto é, acreditam que cada criança é um velho que morreu e que voltou à vida. Eles não têm medo da morte porque acreditam que ela é a libertação do corpo.

Os Tapirapé, povo do Mato Grosso, têm o costume de enterrar seus mortos dentro de casa. É também comum enterrar os pertences do morto junto com ele.

Alguns povos enterram seus mortos com alimentos, para facilitar a viagem da alma até o local do descanso final.

MÚSICA E DANÇA

Os povos nativos acreditam que a música é a forma como os espíritos se comunicam com os vivos.

Muitas vezes, a música vem dos sonhos, como no caso dos Munduruku e dos Xavante. Depois que a música é sonhada, o sonhador apresenta-a à comunidade, que irá aprová-la ou não. Caso a aprove, a música passa a ser cantada por toda a comunidade. Depois de algum tempo, ninguém mais lembra quem foi seu autor.

Dança-se para agradar os espíritos da natureza, a mesma natureza que fornece alimento, bebida e material para os enfeites e para a cura das doenças. Os povos indígenas sempre cantam e dançam por algum motivo, como forma de manter unido o povo e manter viva a alegria da comunidade.

RITOS DE PASSAGEM

Ritos de passagem são momentos muito importantes na vida das sociedades indígenas. São rituais que determinam o papel de cada pessoa na comunidade.

Quando o menino e a menina estão no processo de crescimento, passam por esses rituais que, às vezes, são bem doloridos, pois é preciso ser forte, resistente e saber aguentar a dor e o sofrimento para ser considerado digno de pertencer ao povo indígena.

Os ritos de passagem servem para diferenciar a criança do adulto ou daquele que está se preparando para tornar-se um.

Entre os Enawenê-Nawê, povo do Mato Grosso, aos nove anos o menino recebe seu primeiro estojo peniano, uma casca de milho que não permite que as pessoas vejam seu pênis. Isso o torna mais importante e mais crescido.

Entre os Apinayé, povo do Tocantins, a perfuração das orelhas e dos lábios representa que o menino já está crescido e já pode se tornar um guerreiro.

Entre os Xavante, do Mato Grosso, os meninos ficam separados do convívio social por um longo período, preparando-se para furar o lóbulo das orelhas, que marcará sua passagem para uma nova faixa de idade. Os Saterê-Mawé, quando são adolescentes, costumam ter sua coragem provada colocando as mãos em uma luva de palha repleta de formigas cujas picadas são muito doloridas. Os rapazes têm que aguentar firmes e, se puderem, evitam chorar ou reclamar da dor que sentem.

Vale lembrar que muitos povos indígenas abandonaram seus rituais de passagem em função do contato com outras culturas.

TERRA
E CONHECIMENTO DA NATUREZA

Os povos indígenas têm muito respeito pela terra. Eles a consideram como uma grande mãe, que os alimenta e dá vida, porque é dela que tiram todas as coisas que precisam para sobreviver. Para eles, a terra não é apenas uma propriedade, ela é a morada dos mortos e de todos os espíritos.

Os povos indígenas são grupos que fazem uso da natureza, assim como todos nós, mas não o fazem de forma descuidada.

É bom dizer que, para sobreviver e reproduzir-se, um povo necessita de muito mais terras do que as utilizadas para plantar, pois desse território ele também extrai material para a construção de suas casas, para a fabricação dos arcos, das flechas, das canoas e de tudo que utiliza em seu dia a dia.

As populações indígenas aprenderam a se relacionar com a natureza com respeito. Por isso sabem que é preciso conhecer bem a fauna e a flora.

Sabem que um determinado pedaço de terra só pode ser cultivado por um período de tempo, mudando-se em seguida para outros lugares, a fim de permitir que as plantas nasçam e cresçam de novo e o solo descanse. Depois de um bom tempo, quando essa terra puder ser utilizada novamente, então voltarão para esse mesmo lugar.

Quando fazem longas caçadas, os indígenas aproveitam para conhecer melhor seu próprio território e coletar materiais que usarão depois, na fabricação de vários objetos.

Infelizmente, há pessoas que querem a terra para explorar e destruir, arruinando o meio ambiente que os povos nativos souberam preservar por milhares de anos.

A preocupação com a preservação da natureza tem feito com que muitos povos se organizem para defender seus direitos garantidos pela Constituição Federal, aprovada em 1988. Essas organizações indígenas sabem que a terra é sagrada e tudo o que for feito a ela hoje atingirá, mais cedo ou mais tarde, todas as pessoas do planeta.

TRABALHO

Trabalhar, para o não indígena, é atividade para ganhar dinheiro.

Nas sociedades indígenas não é assim.

Cada membro de uma sociedade indígena realiza um tipo de trabalho. Há trabalhos só para homens e trabalhos só para mulheres, e essa divisão não pode ser desrespeitada.

O homem cuida da segurança da aldeia, das decisões políticas, da educação dos filhos maiores, das atividades de caça e pesca, do preparo das roças e da fabricação de objetos.

As mulheres preparam alguns alimentos, cuidam da educação dos filhos menores, dão especial atenção às filhas que estão se tornando moças e também confeccionam alguns objetos.

O tempo dedicado a cada atividade varia bastante.

Às vezes, uma caçada coletiva pode durar dias e dias. Quando os caçadores voltam, trazem carne suficiente para vários dias.

Então, o que eles fazem quando não estão trabalhando? Brincam com os filhos, conversam com os amigos, contam a história de sua caçada, confeccionam enfeites ou objetos, dançam, cantam, enfim, divertem-se.

Créditos das imagens

Série O. Zerries, *Unter Indianern Brasiliens: Sammlung Spix und Martius, 1817-1820* (Innsbruck and Frankfurt am Main, 1980): pp. 18 e 19.

Daniel Munduruku: pp. 22-24.

Ionit Zilberman: p. 12.

Yaguaré Saterê Mawé: pp. 17, 39 e 40.

Freepik.com: demais imagens.

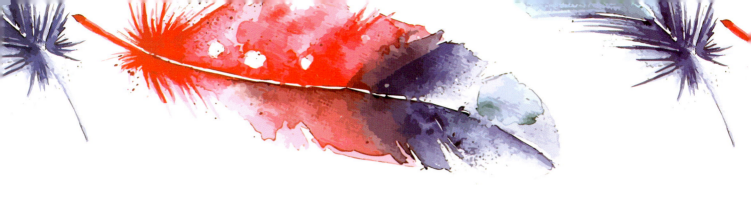

DANIEL MUNDURUKU

Escritor indígena, graduado em Filosofia, tem licenciatura em História e Psicologia.

Doutor em Educação pela USP.

É pós-doutor em Linguística pela Universidade Federal de São Carlos - UFSCar.

Diretor presidente do Instituto UKA - Casa dos Saberes Ancestrais.

Autor de 52 livros para crianças, jovens e educadores, é também Comendador da Ordem do Mérito Cultural da Presidência da República desde 2008. Em 2013, recebeu a mesma honraria na categoria da Grã-Cruz, a mais importante honraria oficial a um cidadão brasileiro na área da cultura.

Membro Fundador da Academia de Letras de Lorena.

Recebeu diversos prêmios no Brasil e no exterior, entre eles o Prêmio Jabuti, o Prêmio da Academia Brasileira de Letras, o Prêmio Érico Vanucci Mendes (outorgado pelo CNPq), Prêmio Tolerância (outorgado pela Unesco). Muitos de seus livros receberam o selo Altamente Recomendável, outorgado pela Fundação Nacional do Livro Infantil e Juvenil (FNLIJ).

Em 2017, foi contemplado com o Prêmio Jabuti na categoria Juvenil.

É o grande ganhador do Prêmio da Fundação Bunge pelo conjunto de sua obra e atuação cultural, em 2018.

Reside em Lorena, interior de SP.

Este livro foi reimpresso, em terceira edição,
em março de 2025, em couché 150 g/m², com capa em cartão 250 g/m².